Das Geheimnis vom Pietzmoor

- Spökenkiekerei aus Schneverdingen -

Für Silvie und Andy

Maruschya Markovic

Das Geheimnis vom Pietzmoor

- Spökenkiekerei aus Schneverdingen -

Bibliografische Information der Deutschen National-
bibliothek:
Die Deutsche Nationalbibliothek verzeichnet diese
Publikation in der Deutschen Nationalbibliografie;
detaillierte bibliografische Daten sind im Internet
über http://dnb.dnb.de abrufbar.

Covergestaltung: Maruschya Markovic
 Fototechnische Bearbeitung und Layout: Maruschya
Markovic
Website: www.maruschyamarkovic.de
          www.heidecafe.de

Herstellung und Verlag: BoD – Books on Demand,
Norderstedt

ISBN 9 783732288342

Inhalt

Am Moor

Flackernd lösen sich vom Sumpf
ungewisse Schemen...
Nach der alten Weide Stumpf
sieh den Weg sie nehmen.

(Christian Morgenstern)

Verborgenes

„Er meint wohl, ik hör ihn nich, wenn er da draußen rumdappt! Glaubt, dat dat Pladdern vom Regen, dat Heulen vonn Wind und dat Knacken vonne Zweige unter den Böen siene Schritte oppm weichen Boden übertönen! Ha, wie dummerhaftig und töffelig er doch is…

Da, nu quatscht es wieder im Modder unter der einsamen Birke neben dem Pfad, wenn er siene Stiefel ruttreckt. Lange genug habe ik still hier drin gesessen und ihn beobachtet, ihn belauscht, wenn er da draußen bei Nacht herumschlich, um mich zu beobachten und auszuspionieren! Alt bin ik, dat ist wohl wahr – aber miene Sinne sind noch nich uttrocknet, und mien Hirn is noch lang nich verschrumpelt wie `ne Dörrplumm!! Hi, hi, lassen wir ihn ruhig in sien Irrglauben, den ollen Döösbaddel! Wenn de Tied doa is, ward he sehn wat doabi rutkömmt!

Brrr, is dat kalt. Der Wind pfeift ganz schön durch de Ritzen inne Wände, und de Feuchtigkeit kriecht in miene ollen Knochen. Aber im Herd `n Feuer zum Wärmen anmachen ging ja nich, sonst könnte er mich ja im Schein vonne danzende Flammen sehn! Too licht wullt wi ihm dat ja nu nich moken! Is ja eigentlich `n armer Schieter – ihm is wohl mehr bang vor mi als mi vor ihm.

Horch, schon wieder ein Geräusch, dat den Dööskopp verrät - `n büschen vorsichtiger sollte er schon sein beim Gehen! Na, wird wohl im Wind gestolpert sein und sich anne Wand abgestützt haben, dat es nur so knallte! Soll ruhig näher kommen, wat Neues sieht und hört he hüt Nacht hier nich! Muss er eben mol wedder to den annern torückkehren, de Dummbüdel, und sich utschimpfen lassen, weil die nich torecht kommen mit ihre Pläne...

Na siehste, nu patscht er schon wedder von min Hus wech! Ik kann warten, bis de Tied riep is!"

Heiterkeit und vages Sehnen

Nachdem sie sich ein paarmal verbiestert hatte in dem Gewirre der alten Straßen, sah Marie-Noëlle nun endlich von Weitem das Schild „Café Am Dorfteich", das ihren Puls wieder zur Ruhe brachte. Angekommen! Langsam ließ sie ihr Auto ausrollen und fand sogar einen Parkplatz auf dem Hof direkt neben dem Haus.

Sie wand sich aus dem Auto, dehnte und streckte sich erst mal ausgiebig, zottelte sich flüchtig ihr kurzes schwarzes Drahthaar zurecht, und ließ dann ihren Blick schweifen, um sich einen ersten Eindruck von dem Ganzen zu machen. David hatte für ihren gemeinsamen Urlaub die Lüneburger Heide vorgeschlagen und dieses Haus aus dem Internet rausgesucht. Ja, es sah schon von außen genauso gemütlich aus, wie die Homepage es versprochen hatte! Hohe Eichen umrahmten ein gelbgeklinkertes Haus, überall säumten blühende Büsche und Sträucher die Wege, Natursteinmäuerchen ließen das

Anwesen behütet und geborgen wirken, Skulpturen, Kübelpflanzen und Blumenbeete in allen Farben, altertümliche Laternen und lustige Gartendeko verliehen ihm einen verspielten Charme.

Gar nicht so schlimm war es nicht, dass David bei der Arbeit doch noch in letzter Minute einen dringenden Termin hatte wahrnehmen müssen, so dass er erst morgen kommen konnte! So hatte sie ein bisschen Zeit für sich, um erst mal „anzukommen" und sich einzurichten.

Marie tauchte wieder ab in die Tiefen ihres Autos, um die dicke Reisetasche und den Kleinkram herauszuholen. Vollbeladen stapfte sie die Stufen des Steinplattenweges hoch zum Eingang. Aber noch bevor sie die letzten Schritte machen konnte, kam ihr durch die offene Tür eine junge blonde Frau entgegen und lachte sie strahlend an: „Moin Moin, ich bin Silvia, die Chefin hier. Sie müssten Frau Vallier sein. Sie hatten mir ja per Email ihre Ankunft für heut Vormittag angekündigt, und das Kölner Kennzeichen lässt mich vermuten, wer hier vor mir steht!"

Marie ergriff die einladend ausgestreckte Hand und bestätigte Silvia schmunzelnd, dass sie richtig kombiniert hatte. Dann folgte sie der Chefin ins Haus, wo ihr gleich von einem großen schlanken Mann, der sich lächelnd mit „Andreas, der Mann dieser Heidjer Deern" vorstellte, ihre vollgepackte Tasche abgenommen wurde. Gemeinsam zeigten die beiden Marie den Weg nach oben zur Ferienwohnung.

Na, wenn David und sie sich hier nicht wohlfühlen würden, wo denn sonst! Die Wohnung, die Einrichtung, die Lage, das ganze Haus, das gemütliche Café, – alles versprach einen angenehmen Aufenthalt. Und der Rest bliebe auszukundschaften! Hier in der Heide sollte es ja so viele schöne Ecken und eine hinreißende Landschaft geben. Ruhe und Entspannung würden sie beide hier in und um Schneverdingen mit Sicherheit finden!

Nach dem Auspacken streckte sich Marie ein Weilchen auf dem bequemen Bett aus und erholte sich von der langen Fahrt, dann sprang sie entschlossen auf und lief die Treppe hinab, um sich nach einem lohnenden Ziel für ihren ersten Ausflug in die Umgebung zu erkundigen.

„Hallo, Chefin, können Sie mir ´nen Tipp geben, was es Schönes zu sehen gibt hier in der Nähe, wo ich ein bisschen spazieren gehen oder wandern könnte? Allzu weit möchte ich heute aber nicht mehr fahren, hab schon so lange im Auto gesessen", rief sie Silvia zu, die sie durch die angelehnte Tür in der Küche rumwirtschaften sah.

Die junge Frau legte ihre Utensilien beiseite und kam heraus. „Haben Sie eine Karte der Umgebung dabei, dann kann ich ihnen was sehr Sehenswertes zeigen, kaum 5 Kilometer weit weg. Und Parkplätze gibt´s da auch reichlich."

Marie kramte in ihrer Handtasche und zauberte schließlich das Gesuchte heraus. Beide Frauen beugten die Köpfe über die

Karte, und Silvie zeigte ihr das Pietzmoor, die größte zusammenhängende Moorlandschaft der Lüneburger Heide, und gab ihr auch gleich noch einige Informationen: "Das ist ein uraltes Hochmoor, man sagt, es sei schon 8.000 Jahre alt! Vor einigen Jahren ist es mit viel Sorgfalt renaturiert worden und ist wirklich eindrucksvoll in seiner stillen, mitunter etwas mystischen Schönheit. Aber keine Angst, Sie können sich weder verirren, noch laufen Sie Gefahr, vom Weg abzukommen und zu versinken in seinen Tiefen, denn es ziehen sich zwei stabile Holzplankenwege hindurch, von denen Sie einen wunderbaren Blick auf diese einmalige Landschaft haben. Und gleich auf der anderen Seite der Landstraße von Schneverdingen nach Heber liegen weite Heideflächen, die jetzt, so kurz vor dem Heideblütenfest, schon herrlich lila leuchten. Auch da kann man schöne Spaziergänge machen!"

18

Marie dankte für die Tipps und setzte ihr kleines Auto wieder in Gang. Die Heideblüte war ja eigentlich das, was in dieser Jahreszeit alle anlockte, aber sie fühlte einen unerklärlichen Drang, durch das Moor zu laufen. Vielleicht eben gerade deshalb, weil sie heute noch allein mit sich war, und schweigend und in ihrem eigenen Tempo diese eigentümliche Landschaf bestaunen konnte. Ihre Digitalkamera hatte sie natürlich in die Tasche gepackt, denn sicher konnte sie David mit einigen ungewöhnlichen Bildern neugierig machen und zu einer gemeinsamen Wanderung mobilisieren, ihn, den Großstadtmenschen, der normalerweise lieber alle Wege mit dem Auto erledigte, weil er einfach lauffaul war.

Als sie auf dem Parkplatz neben dem Weg vom Schäferhof zum Pietzmoor schließlich die Autotür hinter sich schloss, sog sie mit weit offenen Sinnen die würzige Luft ein, in der sich süße Blütendüfte der Heide, staubige Schwaden des sandigen Heidebodens und holzige Kiefer- und

Wachholderaromen mit dem feucht-dumpfen Geruch vereinten, der vom Moor heranwehte. „Moor, irgendwie scheinst du mich zu rufen…", murmelte sie versonnen.

Gemurmelte Geheimnisse

„Jou, ik weet wohl, dat ihr mich alle nich leiden könnt! Und dat is ja nich allns – Angst habt ihr vor mir, richtig bannig Angst! Und warum? Weil ik alt bin, weil ik 'ne krumme olle Fru bin, die hier ganz allein draußen im Moor lebt, weil ik unheimlich bin, weil ihr nich wisst, wie ik dat hinkriege, hier so weit wech vonn Dörp, ohne Hilfe?

Nee, nix is tweelichtig an mi, ik bin bloß 'ne Fru, die sich nie anpassen und unnerkriegen lassen wullt! Ik bin immer ik gebliehen, hab mi de Natur hier to mien Frünn gemacht, hab gelernt, mit de Planten unne Bloomen unne Bäume, mitn Wasser und mitn Wind to reden und von sie to lernen! Dat is mien Geheimnis – doa is nix Verdüveltes dran!

Erst habt ihr jahrelang gehofft, ik würd´ um eure Hilfe bitten, würde mich lütt und schwach zeigen, wie sich dat für 'ne Fru gehört. Dann hättet ihr mich unner gehabt! Nix mehr to seggen hätt ik gehabt, so wie all eure Weiber! Aber dat sie, die, ohne dat se murren dürfen, beim Torfstechen schuften, damit ihr Feuer in euren Hütten habt, die eure Kinderschar großziehen, die dat magere Vieh versorgen, damit es nich vor Unnerernährung dood geiht, die die Hütten sauber halten und für euer Essen sorgen, dat diese Fruen heimlich über all die vielen Johre zu mir geschlichen kamen, wenn jemand in euren

Hütten krank war und se nich mehr in noch ut wussten, dat ist euch Kerlen lange verborgen geblieben!

Nun habt ihr es rut gekriegt, und nu ist die Angst groß, dat ik ne Hex bin, die Schaden über euer mickriges Dorf bringt! Kerle, wat seid ihr dusselig! Keine Ahnung habt ihr – von nix!

Und nu überlegt ihr, wie ihr die olle Lene loswerden könnt, dat weet ik wohl! Abgewartet habt ihr, bis de dunkle Tied kümmt, damit ihr heimlich hierher kommen könnt, um zu sehen, wat ik mach´, wenn die Nacht sich aufs Moor senkt. Schließlich sind Hexen ja gern inne Düsterkeit zugange! Und wenn nu einer von euch wedder da vor de Dör steiht, dann soll er man gut tohörn, damit er nix verpassen doot! - Könnt ja `n Hexengesang sein…

Nacht, min Frünn,

Moorboden dünn,

dat is min Tied,

hier sing ik min Lied,

hier kenn ik mi ut,

ik shall doon wat ik mut,

denn nu geit dat ums Leven,

so isses, help mi de Heven!

Na, mol kieken, wer den längeren Atem hat, de Hex oder de Kerle..."

Das Moor ruft

Marie schlenderte gemächlich den ausgetretenen Weg zwischen Wiesen und einem Heidewäldchen entlang, sah den über Büschen tanzenden Mückenschwärmen zu, hörte das überall gegenwärtige leise Summen der vielen Biene, die die Heide bevölkerten, schnupperte immer wieder den vielen unterschiedlichen Düften hinterher, und genoss jeden Meter durch die einsame Landschaft.

Zum Glück hatten David und sie ihren Urlaub noch in die Zeit vor dem Heideblütenfest gelegt, also, bevor die Massen der Touristen in der Heide einfielen. Nun hatte sie die Gegend noch fast ganz für sich allein, nickte nur hin und wieder einem anderen einzelnen Wanderer zu. Ach, war es schön hier!

Als sie endlich am Anfang des schmalen Holzplankenweges stand, breitete sie mit einem tiefen Seufzer ihre Arme aus, als ob sie die dunklen Moorseen, die Schilfgürtel, die abgestorbenen Bäume, ja, einfach alles, was sich vor ihren staunenden Augen an Zauberhaftem erstreckte, an ihr Herz ziehen wollte. So grandios hatte sie sich dieses Pietzmoor nicht ausgemalt - so schön, und doch so geheimnisvoll, fast ein wenig unheimlich in der tiefen Stille, die von keinem störenden Geräusch getrübt, ja, die durch das dumpfe Quaken von Fröschen und dem Summen der Insekten irgendwie nur noch unterstrichen wurde! Die Luft lag reglos wie eine Glocke über dem Moor, hin und wieder blitzten und glitzerten die ansonsten spiegelglatten Oberflächen der Moorseen in der Sonne. Dann glaubte Marie fast, dort geisterhafte Wesen flirren zu sehen… Komisch, es ging doch gar kein Windhauch, der das Wasser bewegten könnte!

Trotz der Wärme der Sonnenstrahlen war hier die Luft klar und feucht-frisch, und Marie ging langsam und aufmerksam Schritt für Schritt den hölzernen Steg entlang, wobei sie ganz bewusst ein- und ausatmete.

Immer wieder blieb sie stehen, um sich ganz dem Zauber des Anblicks hinzugeben. Es war einfach überwältigend! Eine Vielzahl verschieden großer Libellenarten in leuchtenden Blau- und Grüntonen schwirrten über dem Wasser, Wasserläufer sausten über die schwarzen Tiefen, Wollgras und Schilf säumten die Wasserflächen, die sich durch ganze Wälder von abgestorbenen Bäumen und moosbewachsenen Torfsümpfen hindurch zogen. Spinnennetze glitzerten zwischen Grashalmen, einmal sah die einige Schritte vor sich eine Eidechse auf den warmen Holzbohlen. Vogelstimmen, die sie nicht kannte, ertönten von irgendwo her.

Vor lauter Staunen vergaß Marie die Zeit, vergaß, dass sie ja eigentlich Fotos machen wollte, vergaß, dass sie seit dem frühen Morgen nichts gegessen hatte, vergaß den Rest der Welt, und vergaß die Wirklichkeit! Ganz gefangen war sie, wie hypnotisiert schaute sie immer wieder auf die unergründlichen schwarzen Spiegel der Moorgewässer. Es war fast, als zöge etwas ihren Blick von ganz tief unten, aus den unbekannten Tiefen heraus, an! Ihre Seele geriet ins Träumen und Fantasieren – gab es hier nicht vielleicht doch mystische Wesen, die dem einsamen Wanderer in dunklen Stunden oder im Nebel auflauerten? Ihn mit Irrlichtern in die falsche Richtung lockten, so dass er vom scheinbar sicheren Holzsteg herabfiel, um elendiglich im Moor zu versinken? Gelesen und gehört hatte sie ja schon so manches darüber...

Der Plan

„Der Schrei vonne Eule in mondloser Nacht, dat Blubbern vonn Moor um miene Hütte rum, dat Brusen vonn Herbstwind, der de kahle Birken schüddelt, die gut versteckten schmalen Pfade durch die swabbelnden Sümpfe, die für's ungeübte Auge utsehn wie feste Wiesen – all dat is miene Welt! Hier, du Düvelskerl, der du da inne Dunkelheit op mi wartest, hier kenn ik mi better ut as du! Und eins is man kloar, dat wird sich auszahlen! Denn - wat du nich wissen kannst - ik weet genau, wat ihr vorhabt mit mi! Aber glöv mi: De Dood söökt sick sein Weg! Und dat ward nich mien Dood sein…"

Zwischen den Wirklichkeiten

Unmerklich war die Sonne tiefer gesunken, die letzten Strahlen flimmerten über die Landschaft und ließen im Gegenlicht vor Maries angeborener, bretonisch geprägter Fantasie die Schattenrisse verkrüppelter Baumgerippe aussehen wie unheimliche Geisterschemen. Immer noch stand sie, auf das Holzgeländer des Steges gestützt, am Rande eines Moortümpels und hing ihrer „Spökenkiekerei", wie die Heidjer die Gespensterseherei nannten, nach. Nun, wo die Schatten länger wurden, war es tatsächlich allmählich schauerlich hier, aber sie konnte sich einfach nicht aufraffen, endlich den Weg zurück in die Wirklichkeit und auf den festen Boden anzutreten. Es war, als erwarte sie hier noch irgendwas…

Entschluss in dunkler Nacht

„Swatte Bloomen,
böses Ohmen,
kalte Nacht
hat Gefohr mi gebracht,
Männer im Moor
Haben Böös´ mit mi vor,
Min Herrgott in Heven,
rett´mi dat Leven!

Wenn ihr hören würdet, dat ik nich mit n Düvel sondern mit mien Herrgott reden tu, ihr da in Dörp, dann würdet ihr selbst dat für Hexenkram halten, so verdreht seid ihr inne Köppe!

Der Wind jault übers Moor heut Nacht, dat es sich wahrlich gruselig anhört! Unne dicken Nebelfetzen sind ideal für de Mörderbande utn Dörp. Heut isses wohl soweit, heut wullt se mi rutlocken vor de Döör, um mi dann eins übern Kopp zu hauen...

De dammelige Späher, der di ganze Tied um mien Hus gegeistert ist, dat is nich de Schlimmste! De Anführer unne Kopp vonne Bande is de groote Moorbuur mitn viereckigen Kopp unne verbiesterte Seele! Dat is de Kerl, der mi ans Leven wullt... Wenn der nich mehr doa is, sind de Annern ohne Plan, denn de Rest vonne Mannsminschen utn Dörp könn´ nich selbst denken, die hörn und folgen bloß!

Na, denn kümmt man! Ik wird so tun, als wüsst´ ik von nix, und werd´ schön brav vor de Döör gehn, werd´ rutlöpen ins dunkle Moor – aber dann werd´ ik die Sache in miene Hand nehmen!

Ihr ward euch wunnern, wie gut ik mi hier utkenn... Triezen unn foppen werd´ ik euern Anföhrer, dat er mi folgen tut, so lang, bis er nich mehr achtet, wo er hintritt. Und dann, jou, dann wird dat irgendwo da inne Dunkelheit blubbern, dat swatte Wasser wird´ sich ´n büschen kräuseln – und dann wird von dem Lump nix mehr to sehn sien... "

40

Unheimlich

Atemlose Stille lag über der nach abgestorbenen Pflanzen, nach Moorwasser und nach Einsamkeit riechenden bizarren Landschaft. Die Vögel des sonnigen Nachmittags hatten nach und nach ihren Gesang eingestellt.

Marie stand auf dem Holzsteg und starrte gebannt auf eine bestimmte Stelle in dem unergründlichen schwarzen See, ohne zu wissen, warum. Ein Schauer durchlief sie und machte ihr Gänsehaut, als das plötzlich das laute Krächzen einer Krähe das Schweigen der Natur durchschnitt.

Was war da draußen, das sie so angespannt sein ließ?

Sie hielt ihren Blick wie festgehakt auf die eine Stelle im Wasser gerichtet, bis ihr die Augen zu tränen anfingen.

42

Lag es nur daran, dass sie auf einmal meinte, ein Kräuseln im Wasser zu sehen, das stärker wurde, bis es aussah, als koche das Wasser dort? Nein, sicher nicht, denn rundrum war der Spiegel des Sees nach wie vor ganz glatt…

Und dann vernahm sie ein Brausen, fast als ob ein Sturm aufkam. Aber auf der Haut ihrer Arme und im Gesicht spürte sie keinen Windhauch! Das Brausen und Rauschen kam ganz eindeutig von der aufwallenden Stelle im Moorsee!!!

Bang und völlig verstört schlang Marie die Arme um den Oberkörper. Das konnte es doch gar nicht geben… Was war denn hier los? Fing sie jetzt tatsächlich an, Gespenster zu sehen, die ihre lebhafte Fantasie ihr vorgaukelten?

Aber was, wenn dieses Phänomen tatsächlich real wäre? Würde sie bloß nicht so ganz allein hier draußen sein! Wenn noch jemand da wäre, hätte sie wenigstens ein Korrektiv, einen Zeugen dafür, ob sie sich das nur einbildete oder ob sich das alles wirklich ereignete!

Sie schüttelte sich, wie um den Alp-traum loszuwerden, wollte sich eben von dem Anblick des kochenden Wassers los-reißen, als sich aus heiterem Himmel die obskuren Tiefen wieder beruhigten. Das Blubbern war weg, die Luft wieder still, eine große blaue Libelle schwebte anmu-tig vor ihr vorbei.

Flucht

Irritiert blinzelte Marie mit ihren brennenden Augen, ließ abrupt das Holzgeländer los, und taumelte kurz, bevor sie wieder festen Tritt in der Realität fand. Nun erst nahm sie bewusst wahr, dass sich schon das Zwielicht über die Moorlandschaft zu senken begann.

„Mensch, du unvorsichtige Idiotin, das kann echt langsam gefährlich werden für dich, wenn du dich in der Dunkelheit immer noch hier herumtreibst!" ermahnte sie sich selbst.

So schnell sie konnte, lief sie über die schmalen Planken des Steges zurück, ja, lieber auf dem gleichen Weg zurück als eine ihr unbekannte Stecke von wer weiß welcher Länge zum Ende des Moorwanderweges! Wer wusste schon, was sie sonst unterwegs noch alles erwartete. Und außerdem konnte sie sich dann auf dem Parkplatz gleich in die Sicherheit ihres Autos flüchten... Nur ganz schnell alles

hinter sich lassen, was hier draußen mög-
licherweise herumstrich!

Enthüllung

Immer noch zitternd fuhr sie zurück zum Café Am Dorfteich, schlug die Autotür hinter sich zu und rannte quer durch den inzwischen menschenleeren Cafégarten zur Tür. Sie musste unbedingt mit Silvie oder Andreas über das Erlebte sprechen! Die Einheimischen hätten doch bestimmt schon mal was davon gehört, wenn es sich nur um Gasentwicklung im moorigen Untergrund oder so was ganz Natürliches gehandelt hätte. Dann wäre sie beruhigt, und was hätte sie dann für eine tolle, abenteuerliche Geschichte, die sie morgen David erzählen könnte. Herrlich gruselig, aber nicht mehr dazu angetan, ihr wirklich noch nachträglich Angst zu machen und sie eventuell bis in ihre Träume zu verfolgen!

David, der Realist, würde sie gewiss mit ihrer Spinnerei aufziehen und so manchen süffisanten Kommentar über sie ausgießen! Na, damit würde sie fertig werden – Hauptsache, da war nichts wirklich Dämonisches im Spiel...

Sie hörte jemanden in den hinteren Räumen des Hauses herumkramen, und rief „Silvia? Andreas?". Die Chefin kam mit mehligen Händen in den Gastraum, runzelte leicht die Stirn, als sie die immer noch verstört dreinblickende Marie sah, und fragte beunruhigt, wie ihr Tag denn gewesen sei.

Daraufhin öffneten sich die Schleusen, und Marie sprudelte ohne Punkt und Komma hervor, was sie erlebt hatte. Die Chefin führte die aufgewühlte junge Frau erst mal zu einem Tisch und holte ihnen beiden einen doppelten Korn.

Dann erzählte sie Marie eine Geschichte aus alten Zeiten, die sich hier im Moor zugetragen hatte, lange, lange bevor das Moor, die Sümpfe und die Torflandschaft für die Touristen wie auch für die einheimischen Naturfreunde zugänglich gemacht wurde. Eine Geschichte von einer alten Frau, die als Hexe verschrien war und von den Moorbauern umgebracht werden sollte. Aber sie führte ihre Verfolger in die Irre da draußen in der Wildnis und Unsicherheit der trügerischen moorigen Landschaft, so dass der Anführer der Moorbauern in den Wassern versank. Die restlichen vereinzelten Mordbuben ließen dann von ihrem Vorhaben ab, einfach, weil sie kopf- und planlos waren! Die „Moorhexe" wurde zwar weiterhin von allen gemieden, aber niemand trachtete ihr künftig mehr nach dem Leben.

„Und woher weißt du davon, so als ob du dabei gewesen wärest?" fragte Marie ihr Gegenüber, durch die Intimität der Situation automatisch zu „Du" wechselnd, nachdem sie atemlos die spannend und anschaulich vorgetragene Geschichte verfolgt hatte.

Silvia lächelte versonnen in sich hinein, schwieg ein Weilchen, bis sie dann leise antwortete: „Diese unabhängige und starke Frau, um die es ging, war meine Vorfahrin, sehr, sehr lange Zeit zurück! Und ihre Geschichte wurde in meiner Familie von Generation zu Generation weitererzählt, um uns Frauen zu ermutigen, uns nie unterkriegen zu lassen!"

„Und das kochende Wasser, und das Brausen in der Luft???"

„Das, meine liebe Marie, ist der Geist des mordlustigen Moorbauern, der keine Ruhe findet, und der, von seinem Gewissen getrieben, nach all den Jahrhunderten immer noch im Pietzmoor umgeht...."

Marie konnte hinterher nicht sagen, ob sie bei diesen Worten ein Zwinkern in Silvias Augen gesehen hatte oder nicht!

Nachwort

Liebe Leser, liebe Leserinnen,

die Inhaberin und Bäckerin des Cafés Am Dorfteich in Schneverdingen, Silvia Heinecker, verrät Ihnen hier mit herzlichen Grüßen aus der Lüneburger Heide das Rezept einer ihrer Spezialitäten, der Buchweizentorte.

Buchweizentorte

<u>Grundlage:</u>

200g Backmischung „Buchweizentorte" (Buchweizenvollmehl, Weizenmehl Typ 550, Anbau Lüneburger Heide)

<u>Benötigt werden noch für den Biskuit:</u>

6 Eier, 175g Zucker, 1TL Vanillezucker, Prise Salz, 1 TL Backpulver, 4 EL Wasser

<u>Füllung und Dekoration:</u>

Ca. 1 l Sahne, 1 Glas Preiselbeeren, Schokoraspel

➤Eiweiß & Eigelb trennen ➤Eiweiß mit 75g Zucker steif schlagen ➤Eigelb mit restlichem Zucker, Vanillezucker und Salz schaumig rühren ➤ Beide Eimassen verrühren ➤Mehlmischung & Backpulver einsieben.
➤Biskuitmasse in 28er-Sprinform füllen

- Backzeit ca. 25 Minuten bei 175° C
- Biskuit auskühlen lassen
- zweimal durchschneiden, mit Sahne und Preisebeeren füllen, glattstreichen und garnieren.

Guten Appetit!

Dankeschön

Ganz herzlichen Dank an Silvia Heinecker, nicht nur für die schönen Fotos aus ihrer Heimatstadt Schneverdingen, mit denen sie viel zur Verschönerung dieses Buches beigetragen hat, sondern auch und ganz besonders für die Erlaubnis, hier das Rezept ihrer legendären Buchweizentorte zu veröffentlichen. Nun können Sie, liebe Leser, Ihr Bestes geben und diese Spezialität auch daheim genießen. Ran an die Rührschüssel... Aber Silvie, bei Dir im Café Am Dorfteich schmeckt die Buchweizentorte am allerbesten! Es geht doch nichts über das Original direkt vor Ort...

Ich danke auch Manfred Heinecker dafür, dass er mir die Zeichnungen des norddeutschen Landschaftsmalers Frido Witte (* 22. Februar 1881 in Schneverdingen; † 23. Mai 1965 in Soltau) zur Verfügung gestellt hat. Herr Heinecker ist Herausgeber des Buches „ Frido Witte – Erinnerungen an meine Kindheit und Jugend." Verlag Atelier im Bauernhaus, Fischerhude 2001. Lieber Manfred, Deine Tipps und Deine Unterstützung sind mir immer herzlich willkommen!

Mein allergrößter Dank gilt jedoch meinem Mann, der mit großer Geduld die vielen Stunden hingenommen hat, die ich beim Schreiben und Bearbeiten dieser Geschichte am Computer verbracht habe. Peter, Du kannst so gut und konstruktiv zuhören, und bist immer da, wenn ich Hilfe brauche, sei es technische oder welche auch immer!! Du bist einfach der Beste…

Quellennachweis Fotos

Cover: Hintergrund und Perga-
ment: www.pixabay.com
Ovale Bilder und Foto
der Autorin:
Maruschya Markovic

Widmungsseite: Maruschya Markovic

S. 9: Maruschya Markovic

S. 12: Maruschya Markovic

S. 18: Maruschya Markovic

S. 20: Silvia Heinecker

S. 21: Frido Witte (zur Verfügung gestellt von Manf-
red Heinecker)

S. 23: Frido Witte (zur Verfügung gestellt von Manf-
red Heinecker)

S. 49:	Frido Witte (zur Verfü-gung gestellt von Manf-red Heinecker)
S. 52:	Silvia Heinecker
S. 53:	Maruschya Markovic
S. 55:	Maruschya Markovic
S. 63:	Maruschya Markovic

(fototechnische Bearbeitung: Maruschya Markovic)